すぐそこのたからもの

よしもとばなな

幻冬舎文庫

すぐそこのたからもの

目次

本文デザイン　大久保伸子
本文イラスト　華鼓

ゆれるところ

いっちゃんはうちの息子の大好きなシッターさんだ。
「チビちゃん、どうしてもいっちゃんよりも年上になりたいんだよ、どうしてなれないの？」
「生まれてきたときにもう歳が離れてたから、しかたないんだよ」
「じゃあ、チビちゃんがにじゅうのとき、いっちゃんはよんじゅうななでもいいからおよめさんになってほしい」
「あんたがいいならいいけど、いっちゃんはいやだと思うな……ねえね
え、いっちゃんのどういうところが好きなの？」
「ええとね」
チビは車の中で真剣に考えはじめた。
目の前にいないいっちゃんを思い出しながら、いっしょうけんめいに
説明をはじめる。
「いっちゃんは顔がふあんていで、いつもちがう顔になるところが好き。
にっこりとしていても、いつも同じ顔じゃないし、悲しい顔になって
も、優しい顔だから。それから、いっちゃんは怒ってもかわいいんだよ
ね、だから好きなんだよ」

大人語に翻訳すると、
「君の顔はフォトジェニックで、見るたびに違う表情をしているし、ときどきはっとするほど悲しそうな顔をするのに、優しい感じが伝わってくるんだ。それにいくら怒っても君は恐くない。怒った顔もかわいいんだよ、だから好きなんだ」

でも、どうしてだかチビの言い方のほうがずっと切なくて、たくさんのことが伝わってくる。彼はいっちゃんをいくら見ても、なんとなく届かない感じがしているのだろう。いろいろな表情をいくらおぼえても、いっちゃんの生命のきらめきがいろいろな形であふれだしてきて、それをつかまえきれないのだろう。ちょうど花や子猫をいくらじっと見ていても、そのひきつけられる魅力のほんとうの源には迫れないのと同じように。

その気持ちを、これからも息子はたくさんの女の人に持つだろう。そしていつか彼の人生に決定的な人が現れたとき、きっと子どもの頃に目をみはっていっちゃんの顔を見ていたときと同じものを見つけるだろう。

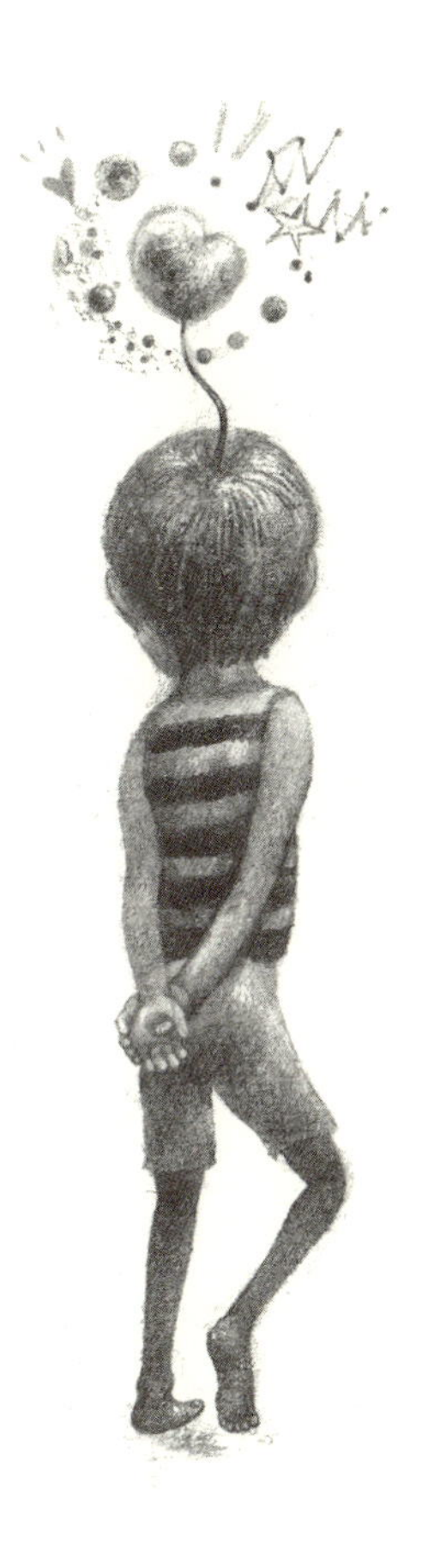

いいひとばかり

息子をとりあげてもらった助産婦さんのお姉さんがママとベビーのマッサージをしているので、よくマッサージを受けに行く。

お互いにいろいろな人に会うので、ストレスがたまることもある。

そんなことをお姉さんといろいろおしゃべりしていたら、妹さんが帰ってきた。

いっしょにお産を乗り越えた人には、独特のつながりを感じる。

それから、一生頭があがらない人でもある。

チビを、無事にこの世に出してくれた人、そして、チビの顔を私よりも先に見た人なのである。

不思議なことだ。

もっと不思議なことに、私は、知人がひとりそこで子どもを産んでいるというつながりだけで、ほとんどあてずっぽうにその病院に行って彼女に出会ったのだが、彼女はたまたまうちの姉のともだちだったのだ。

「私が担当してもいいですか？」

と彼女は言い、私はしっかりうなずいた。

彼女がいるかぎり、私は不安になることはなかった。

うちのチビに、彼女はよくおなかの上から話しかけてくれた。

「ママは予定日の一週間前にコンサートに行くんだって。すごいね、でも大事なコンサートみたいだよ。だから、それからちょっとしてから産まれてくると、いいのかもよ」

そんなふうに。

そんな人にとりあげてもらって、ほんとうによかったと思う。

帰ってきた彼女に、お姉さんと私は言った。

「私たちでさえいろんないやな人に会うのだから『これからお産をするママたち』ばっかり扱っていたら、せっぱつまっている人が多くてほんとうに大変でしょうね」

そうしたら彼女はさらっと言った。

「そりゃあそうだけど、そうでもないよ。だって、半分はいい人だもん。

17　いいひとばかり

それで、赤ちゃんは全員いい人だから、つまり、いい人のほうがずっと多いんだもん」

そうか、赤ちゃんは全員いい人なんだ。

産まれてくるときはみんないい人なんだ。

これまで数えきれないほどの数の赤ちゃんをとりあげてきたこの人がそう言うのなら、この世界はきっといいところなんだ、素直にそう思えた。

いつのまにか

うちには五匹の動物がいるので、旅行の前はてんてこまいだ。
それぞれの薬や食べるもののストックを買いに行き、留守を頼む人へのメモを作り、自分たちの旅の買い物もあれこれしなくてはいけない。
ある旅の直前に、頼んでいた人が急におやすみしたので私が幼稚園にお迎えに行ったら、そんなときなのに、うちの息子は「どうしてもヨーグルトドリンクを買いにあっちの店へ行ってから帰りたい」と遠回りしようとする。

いつもだったら「珍しくママがお迎えに来たから少しでも長く外でいっしょにいたいんだね」と思い、にこにこして「いいよ」と言うんだけれど、その日の私は疲れすぎていた。

「ママは忙しくて朝からなにも食べてないから、ランチの終わる前にいつものお店に行ってなにか食べようと思ってたのに、あんたがそう言うから、遅くなっちゃうじゃない、どうしていつもママはあんたの思うようにしなくちゃいけないの？」と軽く八つ当たりしてしまった。

男女のけんかと同じで、絶対に自分が悪いとわかっていても、疲れたりいらいらしていると言葉が勝手に出てくるのである。

いつもだったら、いやだいやだ、ヨーグルトドリンク飲みたいんだよ！と彼は必ず言う。そして押し問答の末、どちらかが勝つことになる。そして、雰囲気も悪くなる。

しかしその日は違った。

「いいよ、ママのごはん食べに行こう、それからでもいいよ、それから、行かなくてもいいよ」

私ははっとして、

「ごめん、ママは八つ当たりしただけだよ、あまりにおなかが減ってて。いいよ、買いに行こう」

と言った。チビはちょっとほっとした顔をして、

「あやまらなくていいよ、チビちゃんにもそういうときあるから」

と言った。

いつのまにか、君は家族の一員になって助けてくれるようになってい

て、そして男の人になっていたんだね、もう赤ちゃんじゃないんだね、そう思った。寒い午後だったけれど、つないでいる手が温かかった。離す日が来るのはわかっているから、もう少しつないでいようと思った。

23　いつのまにか

こうもり

「ねえ、じーじ、じーじはどろぼうに強いんですか？」
と息子が聞いた。
夫のお父さんに。
遠くに住んでいるのでふだんはいっしょに食べることができない晩ご飯を食べ終わって、チビの頭の中はおじいちゃんに対する質問でいっぱいだった。

「そりゃあ強いですよ」

じーじは言った。

「じーじは、わるいひとやどろぼうがこわくはないんですか？」

チビは言った。

「だって、こわがっていたってしかたないでしょう、じーじはこうもりが一本あればたいていの人に勝てるよ」

じーじはきっぱりと言った。

うわあ、こうもりっていう言葉を久しぶりに聞いた、と私は笑っていたが、内心かなり感動していた。

「こうもりがあれば勝てるんだ、じーじつよ〜い」

チビは言った。

こうもりの意味もよくわからないくせに、目をきらきらさせてじーじを見ていた。

じーじは七歳のときにお母さんを亡くした。

どんなときでも弱音を吐かない人だが、たったひとつ、そのときのことを話すとき悲しそうになる。その頃だけおねしょがあったので、合宿ではほとんど水を飲まずに一日過ごしてなんとかやり過ごしたと笑った。まだ小さかったのにそうやって自分で考えて耐えてしのぐしかなかったんだ、と私は切なくなる。

「それまでおねしょなんかしたことないのに、やはり淋しかったんでしょうな、おねしょは淋しさの現れだったんでしょうな」

いつもじーじはそうつぶやく。

私はチビに言いたかった。

そう、じーじはほんとうに強いんだ。だれも届かないくらいに強い。どんな年齢になってもこうもり傘が一本あれば、孫をこわがらせる全てのもの、この世を暗くする全ての悪いもの、闇や幽霊や不安や恐怖を打ち負かしてしまうくらいに。

おぼえておいてほしい、それがほんものの男というものなんだ。

チビちゃんのホテル

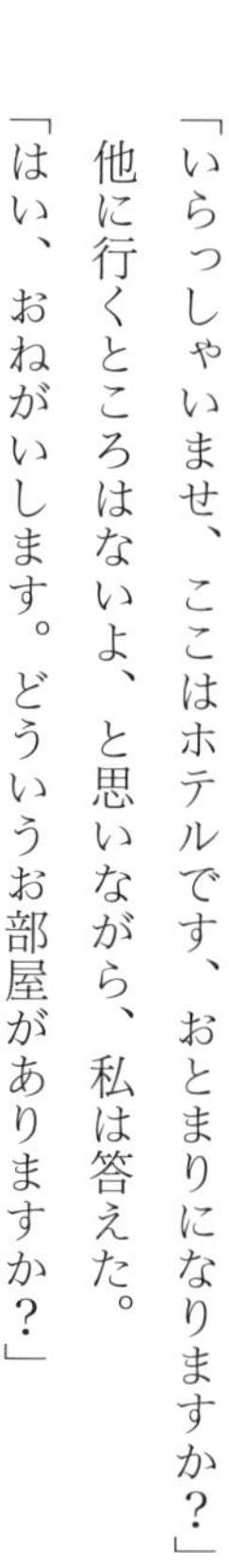

私が仕事で遅くに帰宅すると、息子が玄関で待ち構えていておじぎをして言い出した。
「いらっしゃいませ、ここはホテルです、おとまりになりますか？」
他に行くところはないよ、と思いながら、私は答えた。
「はい、おねがいします。どういうお部屋がありますか？」

チビは言った。

「すばらしいおへやばかりです、それから、おふろもあります。おふろにはいるときは、おもちゃであそんでもいいんですよ！」

「そうですか〜。それはいいですねぇ。ほかの設備はどんな感じですか？」

私は言った。チビは答えた。

「すばらしいおトイレがあります。ムーブとか、リズムとかのスイッチがありましてですね、ジャジャジャジャジャ！ジャジャジャジャ！とあらってくれるんです」

どうやらウォシュレットのことらしい……。

「それからですね、すばらしいどうぶつたちをおかしします。ねこは、タマちゃんとビーちゃんがいます。犬はゼリちゃんとオハナちゃんがいますよ。すきなどうぶつとねていいんですよ」

「そんなに寝たらベッドがせまそうですね、このホテル」

「でも、おばけからまもってくれますよ」

「そうですか、ではとまらせていただきます、あがってもいいです
か？」

「まだです」

　とチビが言った。

「ええと、いっしょにねるひともえらべます。たはたねこよしさん（夫
のことだ）か、チビちゃんかどっちかです」

「じゃあ、ねこよしさんでお願いします（問題のあるホテルだなあ……）」

　私が言うと、チビはきっぱり言った。

「いや、チビちゃんがおすすめです、チビちゃんはいっしょにねるとか

わいいんです」

「じゃあ、チビちゃんでいいですよ」

「かしこまりました」

そこでやっと家にあがることができたが、ほんとうはずっと笑い出したくてしかたなかったので、そのすばらしいおトイレに入ってひとりで大笑いした。

雲の上に

小説っていやらしい。
言葉の上に言葉を重ね練りあげ飾りつけて、それをみんなに見せてお金をもらっている。いろんな人の命を勝手にうばったり与えたりして、神様きどりでそのことへの感想を書いている。
そう思わないでいられるように、なるべく真摯に言葉をつむいできたつもりだ。

私の中のどこかにずるさや手抜きがあったら、きっと読む人にもそれが伝わってしまうだろう、そう思ってひやひやとして必死で書いてきた。

チビにスケッチブックを買ってあげたら、お礼に本をつくってくれるという。

タイトルを書いてくれというので、マジックで書いてあげた。

「ズンタカズンタカあるいていくと」というタイトルだそうだった。

チビはどんどん絵を描いて、おはなしを聞かせてくれた。

「ここはママのお城」とママの顔が描いてある旗がたった大きな家を指さす。

「チビちゃんは、未来へいっちゃいます」チビは言った。チビが光に包まれて違う世界へいく絵が描いてある。

「そして会いたくなって、ママって呼ぶと、雲の上にママって字が出るの。それで、ママもチビに会いたくなって、チビって呼ぶと、雲にそういう字が出て、おはなしできるの」

絵を見ると、チビが私の顔を雲の上に思い浮かべていて、その横に「MOM」と書いてある。次のページには私の立ち姿が描かれていて、高い雲の上にはチビの顔があり、チビの名前が書いてあった。

たったそれだけのことなのに、涙が出てきた。

いつかチビの未来の人生にもう私がいなくなってしまっても、こうやって話ができるといいのに、そう思った。言葉にするとそうだけれど、絵がうったえてくるものはそれ以上だった。

どんな芸術も子どもの心には負けてしまう、そう思わずにはいられな

かった。子どものようにもういちど飛べることを願って、作家たちは今日も言葉をつむぎ、画家たちは絵を描いているのだと。

すてきなタイトル

最近の幼稚園では、自分のお誕生日にみんなにプレゼントを配るという面白いシステムがはやっている。一年間でちょうど一周してみんながもらえるし、もらえない子が悲しまなくてすむし、なかなかすてきな考えだと思う。

その日はりゅういちくんのお誕生日でハモニカがプレゼントだったら

しく、みんながそれぞれ吹きながら園から帰っていた。ペットを連れて歩いてるみたい、音でしゃべってるみたいでなんだかかわいかった。

夜、仕事をしていたら、チビがものすごい音でハモニカを鳴らしながらやってきた。

「あなたに音楽を捧げる時間がやってきました」

とか言っている。

「もう夜十一時だから、あまり大きな音を出さないで」

などと言っている私はなんとつまらないお母さんになってしまったのだろう。

昔から夜型の私は姉といっしょによく夜中まで大騒ぎしていて、何回も匿名の苦情の電話をもらった。それがかなり親しかった裏の家の人たちだったことがわかったときの、なんともしぶい気持ちを思い出す。名乗ってくれれば素直に改善したのに、匿名なんていやらしい、という言い訳をして、まだまだ騒いだっけ。というか楽しくて止まらなかったのだ、今のこの子と同じで。

「どんな音楽を捧げてくれるの」

と私が聞くと、

「『バラのひらくときをまつ』という曲です」

と言って、チビはてきとうにハモニカを鳴らしはじめた。

「いいタイトルじゃない、曲もいいよ。他には？」

私は言った。

「次は『未来へかえろう』です」

と言って、チビはまた違う音を鳴らす。

「チビちゃん、いいタイトルじゃない、それも。ママに使わせてよ」

私が笑って言うと、

「いいよ！」

と鷹揚な彼だった。

だれがなにをまねしても、盗んでも、また考えればいいやと全く気にしない年頃に、私は一瞬切ないあこがれを抱いた。

いちばんこわいこと

息子とけんかしたとき、なにかのひょうしに私が、
「そんなこと言ったって、たぶんママもパパも先にいなくなるんだよ。
それに、チビが先にいなくなったりしたら、ママはきっと死んじゃうよ」
と言ったら、

「そんなことはわかってるよ、はじめからわかってる、だから言わないで」

と言った。

「そういうときはそういうときで考えるから、言わないでほしいの」

それはそれで立派な考え方だなあと思って、私は自分が子どもの頃のことを思った。

姉に泣きながら「お父さんとお母さんが先に死んじゃうなんて」と言ったら、姉が今の私みたいに冷静に「でもそれはうんと先のことだよ、まだたくさん時間があるんだよ」と言った。私は、お姉ちゃんはえらいなあと思った。

実際にお父さんとお母さんが死に近づいている今、ただこわかったり悲しかったりしないので、びっくりしている。これまでになかったもっと大きなすばらしい感情が生まれてきている。この歳になって、想像を超えるはじめての感情が生まれるなんて、思わなかった。

そしてチビは言った。ぎゅっと自分の両手を握りあわせて。

「チビちゃんがいちばんこわいのは、こわい人に会うこと。この世にほんとうにこわい人がいるっていうこと」

と言った。

私が六歳の頃は、こわい人がいることはこんなに切実ではなかった。道ばたに変な人はいたけれど、子どもは基本的に安全だった。

親が死ぬよりこわい、と思うようなニュースでいっぱいの世界を作ってしまってごめんなさい、このことをどうつぐなえばいいのか、と私は悲しくなって、

「そうだね、会わないといいね。会わないようにママもお祈りするよ」

と言った。未来のことを約束できないのはきっと昔から変わらないのだが、祈らずにはおれない。太古からの、世界中の全ての親たちの真摯な祈りがなににもならないはずはない、そう思う。

かわいい声で

「ママ、最近、こわい声が多すぎる、もっとかわいい声でしゃべって」

チビが言った。

私の体調が悪かったのもあって、確かにずっと怒りっぱなしだった。

私はものすごく高いかわいい声で、こう言った。

「かわいいかわいいチビちゃん？　だって、チビちゃんが、むちゃくちや怒られるようなことばっかりやるからじゃないのかしら？」

そうしたら、チビは私に抱きついてきて、

「そうそう、そういう声でしゃべって」

とか言っている。

いつもだったら「なに言ってんの」で終わりだが、チビの言い方がどこか切実だったので、考えてみた。


このあいだ行ったとある高級旅館の夕食があまりにも缶詰と冷凍とレトルトばっかりだったので、私も夫もチビもどうしても箸が進まなかった。着物だけれど日本人ではない仲居さんが、慣れない日本語で、何回も何回も私たちとチビに言った。

「あら、みなさんあまり召し上がらないんですね、どうか召し上がってくださいね、まだこんなに残っていますね」

少食なのでごめんなさい、と何回言っても、その人は同じ言葉をくりかえした。ますます私たちの食欲はなくなっていった。

何回も同じことを言われると、できないことはいっそうできなくなるものなのだ。

「じゃあ、チビちゃん、かわいい声でこわいことを言うのと、こわい声ですてきなことを言うのと、どっちがいい？」

私は言った。

「かわいい声」

チビは即答した。

全く、男子って！と思いながら、私はかわいい声で言った。

「ママ最近ちょっとこわい声出しすぎたかもね」

チビは首をふった。

「ううん、チビちゃんもいたずらばっかりするから。ずっとこわい声でいわれると、わかっててもいたずらがとまらなくなる」

そうか、と思って、私は自分の中のこわい母さん目盛りをほんの少しだけ、かわいい方へ修正した。

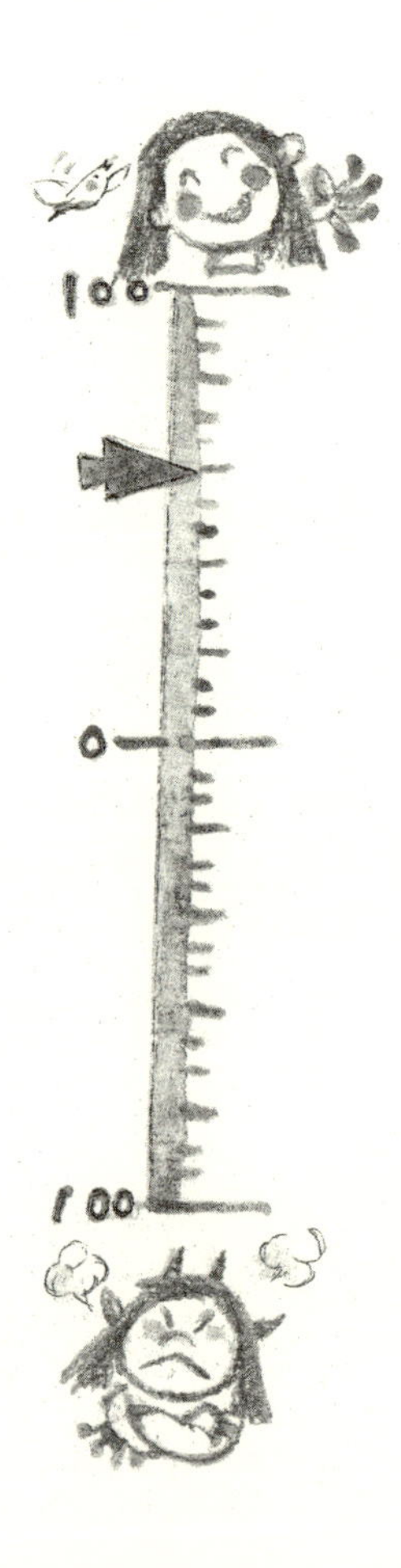
100
0
100

みずからおねがい

火曜日は幼稚園のパークデイで、子どもたちはみんなそろって赤い帽子をかぶって、近くの公園へ行く。

それでさんざん遊んで、へとへとになって帰ってくるので、たいていいつも機嫌が悪い。

お迎えに行くと「な〜んだ、ママか、パパがよかったのに」とか言われて、かっときた私と大げんかになったりする。

その日も、かなりあやしい雲行きだった。

まず、シッターさんのいっちゃんが迎えに行き、たまたま近所にいた私が待ち合わせて合流したのだが、チビは疲れたとか暑いとかさんざんごねて、いつもの場所でお茶をしようと騒いでみたり、いっちゃんにばーんとぶつかったり、なんでママがいるの？と言ってみたり。私もいっちゃんもちょっとうんざりして、疲れたような雰囲気をかもしだしていたと思う。

知人の家に寄ることになっていたので車通りの少ない裏道を歩こうということになり、まだまだ悪態をついては私たちをぶったりするチビを交代で怒りながら、三人で手をつないでてくてくと歩いていた。

午後の住宅街は静かで、だれも歩いていない。夏を思わせる暑い陽射しが私たちをじりじりと照らしていた。

きっと幼稚園ってたいへんなんだろうな、忙しいし、勉強もあるし、歌も歌わなくちゃだし、時間内にお弁当を食べて、いっせいに公園に行ったり、マイペースのチビにはかなりきついことなんだろうけどね、と私はなんとなく思っていた。

そのときチビがいっちゃんをまっすぐ見上げて言った。

「おねがいします、ベイビーシッターをやめないでください」

まさかよしもとさんではなく、本人に言われるとは！といっちゃんは笑い、あんたもうベイビーじゃないでしょう、と私も笑ったけれど、チビにはいっちゃんのいるしくみも、悪いことをしてるけどなんだか止められない自分も、みんなわかっているんだな、と少し切なく思った。

ちゃんときいてるのに

朝お弁当を作って息子を送り出し、掃除と五匹の動物たちの世話をものすごい勢いでして、仕事を始める。

一日のうちで、そのときしか仕事をする時間はないので、ほんとうに必死だ。

時間にしがみつくみたいに、息をつめて集中する。

でも、犬の散歩には行かなくては。

夕方になって暗くなってしまうと、チベタンテリアのゼリ子ばあちゃんの目にはもうなにも見えなくなってしまうからだ。

だから、いつも幼稚園のお迎えに出なくてはいけない時間のぎりぎりにあわてて散歩に行く。もう一匹いるフレンチブルのオハナちゃんも連れて。

いつの頃からだろう、二匹とも散歩に行きたがらなくなった。

家を出て、数十メートル歩くと、じっと立ち止まって私を見上げたり、足をふんばって家のほうをふりかえったりする。

ある日たまたま仕事が早く終わって、余裕があるときに気づいた。

私、いつも、口ぐせのように散歩のとき「ちょっとだけ行こう」って言っているな。

あまりにも時間がないから、いつも言っていたな。自分の罪悪感をごまかすために。

それで、その日は言わないでみた。

そうしたら二匹とも、楽しそうに長く歩いた。のんびりと電柱の匂いをかいだり、草をむしゃむしゃ食べたり、気持ちがふんわりとしているように見えた。

まさか……と私は思った。

でも、間違いなかった。ためしに「ちょっとだけ」と言うと、犬たちは元に戻った。

私は犬を「飼っている」と思って、いつだって上から見て、面倒くさいから散歩はちょっとだけ、なんて口にしてしまってもわかりゃしないって思っていて……でも犬たちはちゃんと聞いているし、手伝ってくれているんだ。

自分のごうまんさにはじめて気づいた。

どんなに急いでいても、私は「ちょっとだけ」と言わなくなり、のんびりと歩くようになった。犬たちにそれを教わったのだった。

時間について

チビが小さい頃、何回も歩いた道を歩く。
あるいは、昔よく通ったけれど、もう引っ越してしまって行かなくなった場所に久しぶりに行ってみる。
覚えてる?と聞くと、二年前くらいのことまでは、かなりよく覚えている。

ここには大家さんが住んでいるんだよね、ここはお花見のかえりに通った道だね、ここは一回だけチビちゃんが来たことのあるおうちだね、今はもうあの人たち住んでないの？

そんな話をいろいろすることができるようになった。

ベビーカーというのは、とっても便利だけれど、赤ちゃんとの距離が大きすぎて少し淋しかった。頭のてっぺんしか見えない。スリングからはみだしたチビに話しかけながら歩くのが好きだった。重くて肩にひもが食い込んで、でも顔が見えて嬉しかった。そんなことまで思い出した。

久しぶりの道を歩きながら、チビが言った。

「チビちゃんは、とってもここが懐かしいよ、懐かしすぎて、今の時間が楽しめないくらい」

ああ、そうか、もうそういう気持ちがあるんだな、とびっくりした。思い出の重みって、振り返る時間が多い少ないではないのかもしれない。

小さいほうがヴィヴィッドによみがえるものなのかもしれない。

「それに、もしママとパパが先に死んだら、チビちゃんも死ぬ」

「なんで、きっとその頃にはチビちゃんにも奥さんや子どもがいるから大丈夫だよ」

「だって、ひとりじゃ頭も洗えないし」

私はぷっと吹き出して、

「その頃までひとりで洗えなかったら、生きるとか死ぬとかどころじゃないから、大丈夫だよ、絶対洗えるようになってるから」

2010
2005
2004
2003

と言ったけれど、人間として生きていくってすごい大変なことなんだなあ、と私は思っていた。こんなにチビなのに、歓びも苦しみもみんなもうはじまっている。

しみこみ

今、うちのチビにとっていちばんのほめ言葉は「よくしみこんでいる」なのだ。
マグロのづけを食べて「うーん、このしみこみ、最高」というのはよくわかるが、
「ママの腕、よくしみこんでて、やわらか〜い」はいまいちわからない。

ピザを食べて「よくしみこんだピザだ」はなんだか違う。

シッターさんに「今日のいっちゃんはとってもしみこんでるね！」は「おめかししていてきれい」の意なのかな？

ほんとうの意味でのしみこみというよりは、うまみとかだしがよく出ているとか、なじんでいるとか、感触がよい……のような意味らしい。


ある夜、私のふるさとの町をたまたまふたりで歩いていた。

「ママとふたりきりの、このしみこみ、すばらしい」と手をつないでいるチビが言った。

私もまさか、小さい頃住んだ町を、息子と歩くことになるなんて思わなかった。子ども時代のいろいろな思い出、青春の傷、いろんなことがあったこの場所を、こんな平和な気持ちで通ることができるなんて、と

しみじみと感動していた。しみこみながら、ではない。あくまで、しみじみと。

「この柱、ママが小さいときからここにあった？」

「あったよ」

「この学校は？　ママが小さいときと壁もおんなじ？」

「壁は新しいけど、あったよ」

しばらくそんな会話をくりかえしてから、チビは言った。

「うーん、この町も、この道も、ママの長いあいだのしみこみがいっぱいで、なんてすてきなんだ！」

ああ、それは合ってるよ、その言い方で。

文法的にはともかく、そうだよ、このあたりにはどこもかしこもママがしみこんでるんだよ、と私は思い、にっこりとしてうなずいた。

おぼえてなくても

チビがまだ赤ちゃんのとき、もう死んでしまったゴールデンレトリバーのおなかでよく寝かせてもらっていた。
じゅうたんの上に犬が寝転び、そのおなかのところにはっていったチビがいつのまにかすやすや寝てしまい、動くに動けなくなった犬までいつしか寝てしまうという、それは平和な光景だった。

寝ている犬のおなかに顔を近づけると、赤ちゃんの匂いと湿ったような犬の毛の甘い匂いがしてきて、とても幸せだった。日なたに干した洗濯物みたいないい匂い。

全くあいてにしなかったが、子どもができたとき、動物を飼っていると衛生的に問題があるから、動物を手放しなさいなんていう人もいた。もともと動物があまり好きではないのになにかのはずみで飼ってしまっていた人なら、ちゃんともらい先を見つけて、手放すのは確かにありだと思う。

でも、うちでは動物はいつでも家族だった。

「自分が来たので家族のだれかが出ていった」という思い出を子どもが一生背負ってしまう重みに関しては、だれも説明してくれない。

その重みは、家族全員になにかの形で一生つきまとうものだということも。

ひとりと一匹がくっついて寝ていたあの光景にまさる説得力をもつものは、私にはなかった。

これをもしも悪と呼ぶなら、この世はおしまいだと思った。

チビは今、次の代のフレンチブルドッグといっしょに団子みたいになって寝ている。たまにベッドから落としあったり、場所を取りあったり、きょうだいみたいだ。

そして彼はうちにゴールデンレトリバーがいたことをおぼえてはいない。

でもあのふさふさしたあたたかいおなかの感じを、異種族に深くゆるされた奇跡を、きっと彼の体は懐かしくすばらしい感触として、どこかにしっかりたくわえているだろう。

平和な感じ

パパと遊びながら、チビがなにげなくこう言った。
「パパと遊んでると、いつでもにっこりハッピーだよ！」
そんなことが自然に言えるなんて、ほんとうによかったなと思った。
私が仕事をしていたら、チビが抱きついてきて、私をなでなでしながら、こう言った。

「ママを触ってると、なんとなく、平和っていう感じがする」

そうだよね、いろんな大人が大きくなってからいろんな言い方でお母さんについて言うけれど、実はそうとしか言いようがないから、子どもはママに抱きついたり触ったりしたいんだよね、だからお母さんが死ぬとものすごく悲しいんだよね、と私はしみじみ思った。

チビが色とりどりのパッケージに入ったインスタント食品をどうしても食べてみたいと言うので、ふだんは食べないんだけれど、買ってあげた。

すごく喜んで食べてみてから、チビはこう言った。

「楽しみにしてたんだけど、食べてみたら、あんまりおいしくない。ママのごはんのほうが味がいい」

「そりゃあ、そうでしょう」

とさりげなく答えながら、やった〜！と内心私は思っていた。面倒でも、手間でも、よい食材で作った子どもっぽくない地味な食事を地道に作り続け、食べさせ続け、そして報われたのだと思った。


そんな平和な時間は、実は忙しい親たちの大変な努力のうちに生み出されているけれど、実際はさりげなく過ぎていくし、まるでいつまでもいっぱい、とりほうだいにあるかのように、チビには見えているのだろう。そのつみかさねがきっと平和な人間を創り、平和な人間が平和なともだち関係を創る。

それはとても規模が小さいし、時間がかかることだけれど、どこまでも広がってなにかの土台を作っていく。全ての親がそう思えたら、ほんとうに報われると思う。

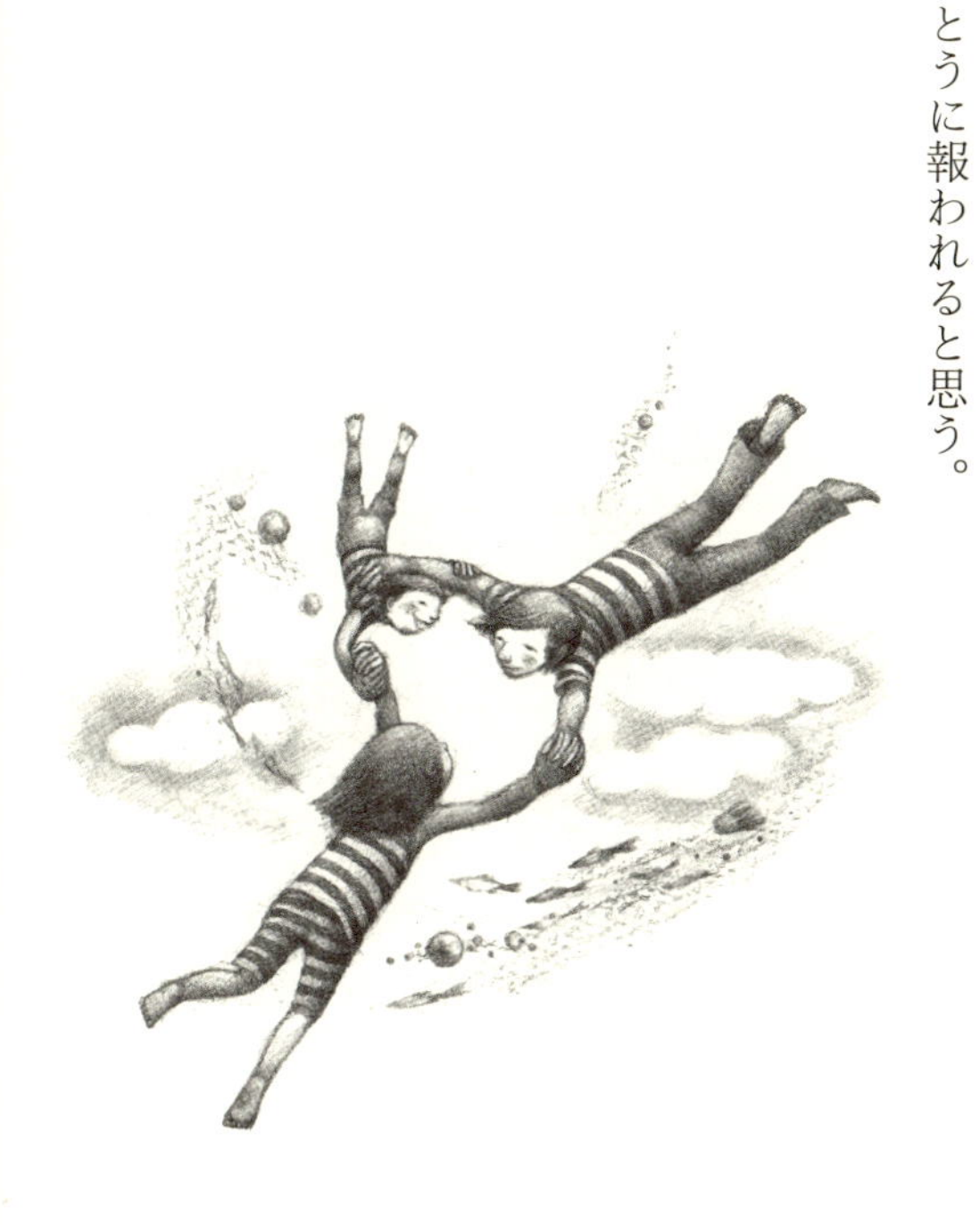

男の子の声

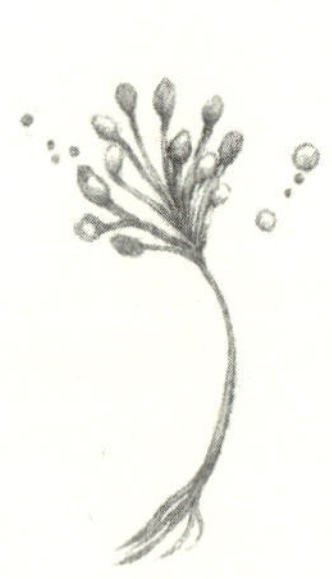

声変わりする数年前の男の子の声には、なんとも言えないよさがあると思う。
少しかすれているから、ますます切ない感じがする。
今は彼も成人してヒゲなんて生やしているが、前住んでいた家の近所に洋くんという男の子がいた。彼は当時十歳くらいだっただろうか。

毎日学校帰りにうちの前を通り、うちの犬の名前を呼ぶのだった。

そのとき住んでいた家では、昼間はずっと駐車場と家の中を犬が行き来できるようにしてあったので、駐車場の入り口から洋くんが、

「ラブちゃ〜ん、ラブちゃ〜ん！」

と呼んでいる声が、二階で仕事をしていると聞こえてきた。

犬は喜んで駐車場に走っていき、洋くんになでてもらう。

洋くんがおやつをくれるわけでもないし、犬はただ喜んでしっぽをふるだけ、私がいちいち出ていってあいさつするのでもないから、そのひとりと一匹は気持ちだけのつながり、ほんとうに単なるともだちだった。

それがすごくいいなと思って、いつも幸せな気持ちで彼の声を聞いていた。

このあいだ、近所のともだちの家の前を通ったら、電気がついていた。

「電気ついてる、まいちゃんはいるみたいね」

と私が言ったら、チビが大きな声で、

「まいちゃ〜ん、まいちゃ〜ん！」

と窓の下から呼んだ。

ラブちゃんと違ってまいちゃんは出てこなかったけれど、私はその声をとても懐かしいものだと思った。大好きなものを呼ぶ声、なんの下心もなくただ呼びたい会いたい、というその子どもらしい気持ち。

そして、いつのまにか、赤ちゃんから幼児へ、幼児から少年へと変わりつつあるチビのことを愛おしく思った。

ラブちゃんももうこの世にいない、時間は流れていく。それでもその声の響きは、洋くんがラブちゃんを呼んでいたのと同じように、私の耳にいつまでも甘くのこるだろう。

ママ

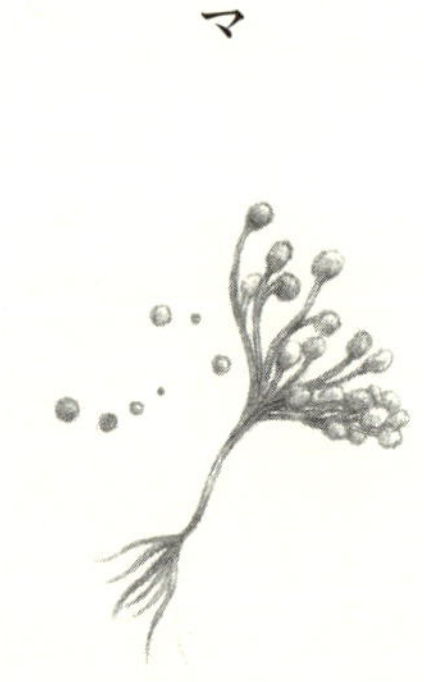

チビがいきなり抱きついてきて言った。
「ママってどこを触っても、きもちよくて、なんだかほっとするんだよ、ママの腕のこっちがわを触っても、顔でも、おんなじ、とにかくぜんぶがママっていう感じ」

ゲームに夢中になって、ずっと私が家の中にいるかいないかもわからないくらいだったくせに、トイレに行きたくなって、トイレに行って、急に私のことを思い出したんだろう、チビが私の手を取って言った。

「この、ママのデリケートな手。このデリケートな手でつくられたママのごはんをはやく食べたいよ、そしてママのデリケートな手で触った野菜のスープものみたいんだよ、チビちゃんは」

　私は言った。

「じゃあ、ママのデリケートなよだれがついたこのおせんべいを半分食べる？」

「よだれはいやだ」

　きっぱりとそう言って、チビはゲームの世界に戻っていった。

ママのくたびれた手はもうちょっとしわしわになりかけていて、おばさんの手だよ。

ママのほっぺたは寝不足でがさがさだよ。全くさえない見た目になってるよ。

もうそう言ってくれるのはきっとチビくらいだよね。

そう思いながらも、ああ、そうか、人がいつまでも恋愛にあこがれるのは、ときめく恋のためだけじゃなくって、小さいときのあったかい気持ちをもう一回味わいたいっていうのもあるんだなあ。自分がこの世でいちばん好きな人から、無条件に愛され与えられるぬくもりを求めてるんだ、そう思った。お母さんであるってものすごいことだし、人間っていつまでも切ないんだな。

いつまでも

チビの大好きなお姉さんが結婚するという話になったのと、もうひとりのシッターさんに新しい彼氏ができたのは、同じくらいの時期だった。

ものものしい雰囲気や、やめるやめないの話や、燃えるような恋の話。大人にとってはこれまでもくりかえされてきたような会話の一つに過ぎないけれど、チビにとっては、大地が消えてなくなるくらいの変化なのだろう。

なんていうことのないふりをしていたけれど、ぜんそくになったり、夜うなされたりしていた。

かわいそうに、これまでも何回もそんなことがあったね、と私は思った。

おおぜいの大人に愛されているということは、お別れも多いということだよね。

妊娠してシッターをやめちゃったゆきちゃんや、就職して会えなくなったなっちゃんのときも、やっぱり熱を出していたね。

その頃のある日、やはり大好きなお兄さんげんいちくんが来たとき、チビは何回も念をおしていた。

「ねえ、シッターをやめないでね、ともだちでいてよ」

かわいいなあ、おかしいなあと思いながら、私は言った。

「だいじょうぶだよ、げんいちはずっと遊びに来てくれるから」

チビは言った。

「げんいちはだいじょうぶだよ、さいごのさいごまでけっこんしないし。おとこだし。おんなはけっこんするとかわっちゃうんだよ」

最後の最後まで結婚しないってなんで思うんだ？と笑いながらも、確かにそうかもしれないなあ、と思った。女性は結婚で環境が激変するけれど、男性は結婚してもそんなには変化がない場合が多いかも。

いつまでもいつまでも大好きな人たちとくっついて、ゲームしたり、TVを観たりしたいよね。ママだって小さいとき、近所の子たちと一生いられると思っていたよ。でも今はみんなちりぢりだよ。どれもかけがえのない時間だった。
もう一回、私の中で幼なじみたちとの別れをくりかえしてるみたいで、
子育ては切ないのだ。

こつぼね

実家に行き、父の部屋のひきだしをあけながら、チビが言った。

「このひきだしの中に、じーじのこつぼねが入ってるんだよね」

それを聞いた姉が涙を流してげらげら笑っていた。

「わかるわかる、チビの言うことわかるよ！」

と言って。

ひきだしをあけてみたら、父がリハビリで使っている一キロのダンベルがあった。細さも形もちょうど大腿骨みたい。

どうしてチビが大腿骨を知っているか、それは、夏にばーばが大腿骨を骨折して、人工骨を入れたからである。

優しい外科の先生に説明を聞きながら、チビもその人工骨をいっしょに病室で見せてもらったのだ。

それって全部、考えようによってはとっても悲しいことかもしれない。

こつぼねという言葉は、すぐそこにせまっている「お骨」という言葉を連想させる。おじいちゃんもおばあちゃんももう人生最後の時期に入っているから、ダンベルは一キロぽっちだし、大腿骨は人工なのである。

でも、そこが妙におかしいところでもあり、温かい食卓で鍋を囲みながら、みんなでダンベルを見てげらげら笑った。

おじいちゃんおばあちゃん本人たちも大声で笑っていた。その笑顔の魔法は生きていないとかからない。そして死んじゃってからもその魔法だけは、確かに残る。

そんな時間をつくることができたことが、いちばんすごい。

たしかにね、大腿骨ってなんとなく「こつぼね」って感じがするよね、とみんながチビの造語を認定した。チビはとってもほこらしげ。

いいんじゃないかな、これで、そう思った。

あの日の男の子

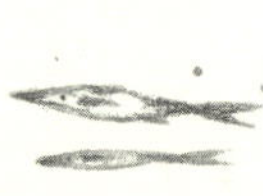

自分の上のほうにとにかくなにかすてきな存在がいて、困ったときになにかを教えてくれる、そういうことがときどきある。
それがなにであるのか、そんなことはどうでもよくって、ただちょっとした気づきの奇跡がきらきら降ってくることがある、そこがいちばんすばらしいと思う。

妊娠六ヶ月くらいのあるとき、病院に行ったら「男の子ですよ」と言われた。

いやではなかったけれど、びっくりした。

私は男の子を知らない。きょうだいは姉と私しかいないし、近しい知人の子どももたいてい女の子だった。

ともだちの息子など、いろいろなすてきな男の子たちを思い出したけれど、それは他人として会った子ばっかり。どうしよう。

そんなに驚いている自分にも驚いた。きっと子どもは女の子で、洋服を貸し借りしたり、恋の相談に乗ったり、いっしょに旅行したり……そんなことを勝手に想像していたから。未来のヴィジョンが真っ白になった。

くらくらしたままで、夫につきあって洋服屋さんに行った。

そのお店の広いフロアには男の子ども服もあった。うわあ、男の子どもの服、考えたこともなかった、そう思って見ていると、十歳くらいの男の子がふととなりにやってきた。生まれてはじめて意識して見る、その大きさの男の子。さっきまで頭の中にあった架空の不安なイメージとは違う。

そうか、これか、こういう感じか。

これから大きくなっていく足にしっかりした運動靴。全てが伸びていく勢いは神々しいほどだ。彼は母親の元に走っていき、その後ろ姿の小さな肩の美しい形を見ていたら、私は突然落ち着き、大丈夫になった。それからはずっと大丈夫なままだ。

きっとあの日のあの子は、動揺していた私に神様みたいなものが見せてくれたんだ、と思うのだ。

まぼろし

夫の実家に遊びに行き、ばーばはもう亡くなっているのでじーじだけが住んでいるおうちに遊びに行き、牧場に出かけ、みんなで走ってへとへとになって、チビとの遊びにも疲れ果てて、温泉に行って、晩ご飯を食べて、新幹線に乗った。

足がなんとなくだるく、温泉に入ってまだ生乾きの毛先は冷え、耳の中にチビのはしゃぐ声やじーじの声が響いているように思えていた。トイレ以外全くひとりになることがない、大勢の時間の余韻が、ふだん家でひとりひたすら仕事をしている私には幸せなようなじめないような……。

そんな気持ちのまま、かなりぐっすりとうたた寝してしまった。自分が小さい頃の、家族でのこんな遠出の夢を見るくらい熟睡した。

目が覚めたら、夫はヘッドホンで音楽を聴いていて、チビは新幹線の中にある通販の雑誌を眺めていた。私は立ち上がってトイレに行き、そして、寝ぼけていたのか、帰りに間違ってとなりの車両への階段をのぼってしまった。

自動ドアが開くと、ドアのすぐわきのその席にはだれもいなかった。チビも夫も。新幹線は夜の中をあてもなく走っているように思えた。一瞬、全部夢だったのかな、と思った。今日、じーじの家に行ったこと、いや、もっと。結婚したこと、子どもを産んだこと。

そこまでは寝ぼけていなかったので、いや、違う、逆の階段をあがっちゃったんだ、とすぐ思い反対側に行くと、自動ドアの向こうには夫とチビがさっきと同じ形のまま、それぞれのことをしていた。

このとき、これまでのいつよりも、家族を持ってよかったと思った。幻じゃなくてよかった。この人たちを知らなかったらわからなかった。今となってはもう失うことが考えられない。なんていうことがないときだからこそ、本気でわかった。自分が今幸せだということが。

時差で届く

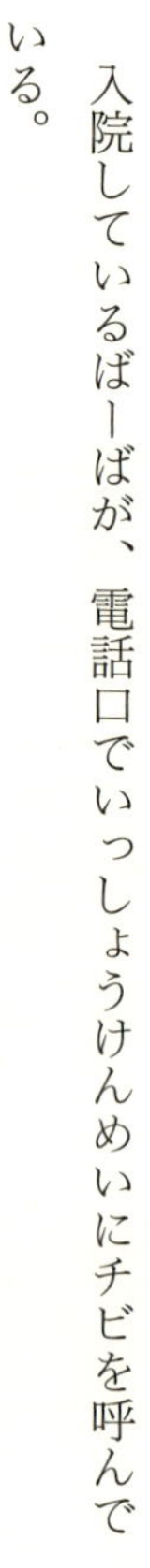

入院しているばーばが、電話口でいっしょうけんめいにチビを呼んでいる。

「チビちゃん、今日はなにをしたの、また会いにきてくれる？」

私は、いっしょうけんめいにチビに受話器をもたせる。

「おだいじに、って言ってあげて、おやすみって」

TVやゲームに夢中で、チビはうっとうしそう。

「おだいじに、おやすみ」

ただそれだけを言って、乱暴に私に受話器を渡す。


私も、昔、この人にそんなふうにふるまった時期があった。いいかげんで、むぞうさで、他にやることがいっぱいあって、面倒くさくて。

でも、今はもうそんなことを言っている時間はない。

一回一回の会話が、切実で、優しい言葉をお互いに選んでいる。

そんな時期になってしまった。


チビは今、ばーばのことがわからない。いつか、世の中に出て、自分が大勢の中のひとりにすぎないとわかったとき、だれもが自分を大事に思うとはかぎらないことを知ったとき、はじめて、ばーばが病院のベッドの中で自分をあったかく思ってくれていたことを知るのだろう。

ばーばがチビに呼びかける声は、うんと時間を経て、必ず届くのだ。

だからチビをせめることはない。

「おだいじにだって、じゃあ、おやすみ」

私は世界一優しい声で、電話を切るのだった。

この世

チビ「『おでんくん』にでてくる、いとこんくんは、ジャマイカに行くのが夢だったんだよ」

私「そうだよね。それで、さいごはジャマイカに行けたんだよね。どうやって行けたんだっけ？　ママそのかんじんなところを忘れちゃった」

チビ「ジャマイカに行く人に食べてもらって、連れていってもらったんだよ」

私「そうか、そうだったよね。でもさ、ジャマイカについても、その人がトイレに行ったら、すぐながされちゃうよね」

チビここで大笑い。子どもはみんな下ネタが大好き。

そしてこう言った。

チビ「それでもよかったんじゃない？　ジャマイカをひとめでもみることができれば」

ジャマイカをひと目でも見ることができれば、それでよかった。

なんていういい言葉だろう、と私は思った。

私「そうか、でも、ママはいやだなあ。そんな行き方。もっと景色とか見たり、ゆっくりしたいな」
チビ「チビちゃんだっていやだよ。でもさ、そういう人もいるんじゃない？　この世は、別の人の心がみられないから、こわいところなんだよね」

この世は、別の人の心が見られないから、こわいところなんだよね。

これも、もう私には言えない。
自分以外の人の心はわからないから、勝手に人の心を推測しちゃいけない、ついそんなふうに言ってしまうだろう。だからこわいところだと、ただ素直に思うことが、もうできない。

私はいつどこで、言葉と自分のつながりをおいてきてしまったんだろうなあ、そんなふうに思って、チビをなでなでしました。

いっぱいのハート

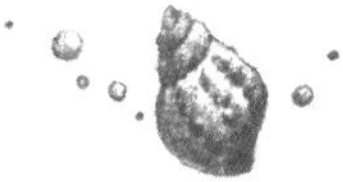

長い夏休みの終わりになったら、チビの背がぐんと伸びて、足も真っ黒に焼けてごつごつしてきた。背中もすっかり男の子の背中で、肩甲骨がぐっと出ている。それを見ていると、ほんの少しだけ切ない予感がしてくる。

今はいつもつないでいるこの手、自然につながなくなって、つなごうとしてもふりほどかれる日が来るんだな。今はどこにいくにもいっしょだけれど、ひとりで玄関を出ていって、ひとりでいろんなことをして、帰ってくるようになるんだな。

それはみんなが味わってきたこと、そしてこれからもきっと人間がいるかぎり、続くこと。悲しいことじゃない。

そしてみんながそれをちょっと切ないと思えるから、この世は平和だということ。

そう思えない、だれともほんとうの意味では手をつながないまま大きくなってしまう人たちが、今のこの国では増えてしまっていることのほうが悲しいこと。

「なんでそんなに人のはなしを聞けないの、あとちょっと人のはなしを聞いてくれたら、チビちゃんはもっともっといい子なのにな」

その午後、光でいっぱいの坂道を、家族三人で手をつないで下りながら、私は言った。

「聞かないままでいいんじゃないかな」

チビは言った。

「なんでよ！」

私は言った。

「だって、これいじょう愛されすぎると、頭の中がハートでいっぱいになって、おかしくなっちゃうから、いまくらいがちょうどいいんじゃないかな」

チビは大まじめに言った。

いったいどこでそういう言い回しをおぼえたんだろうね、とみんなで笑いあいながら、なるほど、そうかもしれないなあ、と思う。私はチビにすんなり言い負かされてしまったけど、とってもいい負け方だと思う。

あとがき

華鼓さんのことは、私が通っているお母さんと赤ちゃんのマッサージの先生、関美奈子さんのところで知りました。関さんの本の表紙を華鼓さんが描かれていて、セッションルームに原画が飾ってあるのですが、それがほんとうにすばらしいのです。華鼓さんの世界が大好きで、なにかでいっしょにお仕事ができないかなあ、と思っていましたので、嬉しいです。華ちゃん、ありがとう。

子どももう八歳になり、そろそろネタにすると怒る年頃です。そんな社会的な人格を身につける直前に炸裂する子ども時代の最後のきらめきを、なんとかとどめようと毎月いっしょうけんめい書いていました。

人間は本来とても自由なものなのだと、子どもと暮らしていてあらためて思いました。

大人もみな、どこかでそれを忘れないでいられるといいと思います。

とは言っても子どもとけんかしながらなんとか歩んできたダメお母さんなのですが、一生に一度しかない蜜月の期間を、こんな美しい形で残すことができて感無量です。

連載中に感想をくださったたくさんのみなさま、読んでくださったたみなさま、ありがとうございます。
文化出版局の岡﨑成美さん、西森知子さん、ありがとうございました。
すばらしいセンスの装丁をしてくださった大久保伸子さん、ありがとうございました。
このエッセイに登場するぜんぶの人たちにも、お礼を言いたいです。
ありがとうございます。

育児の旅はまだまだ続く……のでのんびりいきたいと思っています。
立ち止まって景色を見ることを大切にしていきたいです。

よしもとばなな

文庫版あとがき

なんていうことでしょう！

ここに書いてある「こわかったこと」がみんなほんとうになってしまうなんて。

私の両親はほどなくしてあちら側に行ってしまい（お義父さんはまだまだお元気です、もう九十歳、会える日々がとても大切なものに思えます）、息子はすっかり大きくなってうっかり私に触るとオエ〜とか言いながら逃げていき、リビングで鼻くそをほじりながら「俺ってすぐそこのたからものなんでしょ、だったら一万円ちょうだい」などと言っています。休みの日も友だちと待ち合わせて出かけて、晩ごはんぎりぎりに帰ってきて、どうせポテトとかいっぱい食べてきてるんでしょう、お腹も減ってない感じです。もうすぐ彼女ができて、ますます帰ってこなくなるんでしょう。それでも彼の、この本の中に描かれた独特の持ち味は全く変わっていないんです。

同じく男の子のお父さんとお母さんである幻冬舎の石原正康さん、壺井円さん、ありがとうございました。きっと気持ちは同じはず！

私にとって、小さい子がいたときの温かいそしてたいへんだった日々は永遠です。あれが人生でいちばん幸せな時期だったとためらいなく言えます。

街を行くとき、私の手の中にはまだあの小さい手がいつもあるような気がします。


そしてどんなにでかくむさくるしくなっても、私は彼が健康に生きていてくれたらそれだけでいい。なにもいらない。

そこは決して変わりません。

それこそが人類を存続させてきた願いなんですね。

不思議なことに、どんなに憎まれ口ばかり叩いていようと、もう手もつなげないし抱きしめられなくなっていても、彼も私のことを同じように思っている。

それだけは確信できるのです。

人間ってほんとうに愚かで、そしてすばらしいものですね。

２０１７年　　　吉本ばなな

この作品は二〇一一年七月文化学園　文化出版局より刊行されたものです。

幻冬舎文庫

●好評既刊
サーカスナイト
よしもとばなな

バリで精霊の存在を感じながら育ち、物の記憶を読み取る能力を持つさやかのもとに、ある日奇妙な手紙が届き、悲惨な記憶がよみがえる……。自然の力とバリの魅力に満ちた心あたたまる物語。

●好評既刊
花のベッドでひるねして
よしもとばなな

捨て子の幹は、血の繋がらない家族に愛されて育った。祖父が残したB&Bで働きながら幸せに過ごしていたが、不穏な出来事が次々と出来し……。神聖な村で起きた小さな奇跡を描く傑作長編。

●好評既刊
すばらしい日々
よしもとばなな

父の脚をさすれば一瞬温かくなった感触、ぼけた母が最後まで孫と話したがったこと。老いや死に向かう流れの中にも笑顔と喜びがあった。父母との最後を過ごした〝すばらしい日々〟が胸に迫る。

●好評既刊
人生の旅をゆく2
よしもとばなな

育児も家事も小説執筆も社長業も忙しく心がなくなりそうだった時。陶器のカップの美味しいコーヒーを車の中に持ち込み飲んでみたら、新しい風が吹いてきた。自分なりの人生を発見できる随筆。

●好評既刊
ゆめみるハワイ
よしもとばなな

老いた母と旅したはじめてのハワイ、小さな上達と挫折を味わうフラ、沢山の魚の命と平等に溶けあうような気持ちになる海。ハワイに恋した小説家による、生きることの歓びに包まれるエッセイ。

すぐそこのたからもの

よしもとばなな

平成30年2月10日　初版発行

発行人――石原正康
編集人――袖山満一子
発行所――株式会社幻冬舎
〒151-0051東京都渋谷区千駄ヶ谷4-9-7
電話　03(5411)6222(営業)
　　　03(5411)6211(編集)
振替00120-8-767643
印刷・製本―中央精版印刷株式会社
装丁者――高橋雅之

幻冬舎文庫

ISBN978-4-344-42709-9　C0195　　よ-2-28

幻冬舎ホームページアドレス　http://www.gentosha.co.jp/
この本に関するご意見・ご感想をメールでお寄せいただく場合は、
comment@gentosha.co.jpまで。